Le Départ.

ÉLÉGIES

SAVOYARDES.

ÉLÉGIES

SAVOYARDES,

PAR M. ALEXANDRE GUIRAUD;

DÉDIÉES

A MADAME LA COMTESSE

BARAGUEY-D'HILLIERS,

ET VENDUES

AU PROFIT DE L'ASSOCIATION EN FAVEUR DES PETITS SAVOYARDS,

PARIS,

CHEZ C.-J. TROUVÉ, IMPRIMEUR-LIBRAIRE,

RUE NEUVE-SAINT-AUGUSTIN, N. 17;

B. MONDOR, AUX ANNALES FRANÇAISES, BOULEVARD DU TEMPLE, N, 45,

ET PONTHIEU, LIBRAIRE, AU PALAIS-ROYAL.

1823.

LE DÉPART.

Pauvre petit, pars pour la France.
Que te sert mon amour? Je ne possède rien.
On vit heureux, ailleurs; ici, dans la souffrance.
Pars, mon enfant, c'est pour ton bien.

Tant que mon lait put te suffire,
Tant qu'un travail utile à mes bras fut permis,
Heureuse et délassée en te voyant sourire,
Jamais on n'eût osé me dire :
Renonce aux baisers de ton fils.

Mais je suis veuve ; on perd sa force avec la joie.
Triste et malade, où recourir ici?
Où mendier pour toi? Chez des pauvres aussi !
Laisse ta pauvre mère, enfant de la Savoie;
Va, mon enfant, où Dieu t'envoie.

Mais, si loin que tu sois, pense au foyer absent;
Avant de le quitter, viens, qu'il nous réunisse.
Une mère bénit son fils en l'embrassant:
Mon fils, qu'un baiser te bénisse.

Vois-tu ce grand chêne, là-bas?
Je pourrai jusque-là t'accompagner, j'espère.
Quatre ans déjà passés, j'y conduisis ton père;
Mais lui, mon fils, ne revint pas.

Encor, s'il était là pour guider ton enfance,
Il m'en coûterait moins de t'éloigner de moi;

Mais tu n'as pas dix ans, et tu pars sans défense...
Que je vais prier Dieu pour toi!....

Que feras-tu, mon fils, si Dieu ne te seconde,
Seul, parmi les méchans (car il en est au monde),
Sans ta mère, du moins, pour t'apprendre à souffrir...
Oh! que n'ai-je du pain, mon fils, pour te nourrir!

Mais Dieu le veut ainsi : nous devons nous soumettre;
Ne pleure pas en me quittant;
Porte au seuil des palais un visage content.
Parfois mon souvenir t'affligera peut-être.....
Pour distraire le riche, il faut chanter pourtant.

Chante, tant que la vie est pour toi moins amère;
Enfant, prends ta marmote et ton léger trousseau;
Répète, en cheminant, les chansons de ta mère,
Quand ta mère chantait autour de ton berceau.

Si ma force première encor m'était donnée,
J'irais, te conduisant moi-même par la main;
Mais je n'atteindrais pas la troisième journée;
Il faudrait me laisser bientôt sur ton chemin :
Et moi je veux mourir aux lieux où je suis née.

Maintenant, de ta mère entends le dernier vœu :
Souviens-toi, si tu veux que Dieu ne t'abandonne,
Que le seul bien du pauvre est le peu qu'on lui donne.
Prie, et demande au riche : il donne au nom de Dieu.
Ton père le disait ; sois plus heureux : adieu.

Mais le soleil tombait des montagnes prochaines,
Et la mère avait dit : Il faut nous séparer ;
Et l'enfant s'en allait à travers les grands chênes,
Se tournant quelquefois, et n'osant pas pleurer.

PARIS.

J'ai faim : vous qui passez daignez me secourir.
Voyez : la neige tombe, et la terre est glacée.
J'ai froid : le vent se lève et l'heure est avancée,
Et je n'ai rien pour me couvrir.

Tandis qu'en vos palais tout flatte votre envie,
A genoux sur le seuil, j'y pleure bien souvent.
Donnez : peu me suffit ; je ne suis qu'un enfant ;
    Un petit sou me rend la vie.

On m'a dit qu'à Paris je trouverais du pain ;
Plusieurs ont raconté dans nos foréts lointaines
Qu'ici le riche aidait le pauvre dans ses peines ;
Hé bien, moi, je suis pauvre, et je vous tends la main.

    Faites-moi gagner mon salaire :
Où me faut-il courir ? Dites, j'y volerai.
Ma voix tremble de froid ; hé bien, je chanterai,
    Si mes chansons peuvent vous plaire.

    Il ne m'écoute pas, il fuit ;
Il court dans une fête (et j'en entends le bruit),
    Finir son heureuse journée.
Et moi, je vais chercher, pour y passer la nuit,
    Cette guérite abandonnée.

Au foyer paternel quand pourrai-je m'asseoir !
    Rendez-moi ma pauvre chaumière,

II

Le laitage durci qu'on partageait le soir,
Et, quand la nuit tombait, l'heure de la prière
Qui ne s'achevait pas sans laisser quelque espoir.

Ma mère, tu m'as dit, quand j'ai fui ta demeure :
Pars, grandis et prospère, et reviens près de moi.
Hélas ! et, tout petit, faudra-t-il que je meure
    Sans avoir rien gagné pour toi !

    Non, l'on ne meurt point à mon âge ;
Quelque chose me dit de reprendre courage....
Eh que sert d'espérer !.. que puis-je attendre enfin !..
J'avais une marmote, elle est morte de faim.

Et faible, sur la terre il reposait sa tête,
Et la neige, en tombant, le couvrait à demi ;
Lorsqu'une douce voix, à travers la tempête,
Vint réveiller l'enfant par le froid endormi.

    Qu'il vienne à nous celui qui pleure,
Disait la voix mêlée au murmure des vents ;
    L'heure du péril est notre heure :
    Les orphelins sont nos enfans.

Et deux femmes en deuil recueillaient sa misère.
Lui, docile et confus, se levait à leur voix.
Il s'étonnait d'abord ; mais il vit dans leurs doigts
Briller la croix d'argent au bout du long rosaire,
Et l'enfant les suivit en se signant deux fois.

LE RETOUR.

Avec leurs grands sommets, leurs glaces éternelles,
Par un soleil d'été, que les Alpes sont belles !
Tout dans leurs frais vallons sert à nous enchanter,
La verdure, les eaux, les bois, les fleurs nouvelles.
Heureux qui sur ces bords peut long-temps s'arrêter!
Heureux qui les revoit, s'il a pu les quitter !

Quel est ce voyageur que l'été leur renvoie,
Seul, loin dans la vallée, un bâton à la main ?
C'est un enfant..., il marche, il suit le long chemin
Qui va de France à la Savoie.

Bientôt de la colline il prend l'étroit sentier :
Il a mis ce matin la bure du dimanche,
Et dans son sac de toile blanche
Est un pain de froment qu'il garde tout entier.

Pourquoi tant se hâter à sa course dernière ?
C'est que le pauvre enfant veut gravir le côteau,
Et ne point s'arrêter qu'il n'ait vu son hameau
Et n'ait reconnu sa chaumière.

Les voilà !... tels encor qu'il les a vus toujours,
Ces grands bois, ce ruisseau qui fuit sous le feuillage !
Il ne se souvient plus qu'il a marché dix jours ;
Il est si près de son village.

Tout joyeux il arrive et regarde... Mais quoi !
Personne ne l'attend ! sa chaumière est fermée !
Pourtant du toit aigu sort un peu de fumée,
Et l'enfant plein de trouble : Ouvrez, dit-il, c'est moi.

La porte cède; il entre; et sa mère attendrie,
Sa mère, qu'un long mal près du foyer retient,
Se relève à moitié, tend les bras et s'écrie :
    N'est-ce pas mon fils qui revient ?

Son fils est dans ses bras qui pleure et qui l'appelle :
Je suis infirme, hélas ! Dieu m'afflige, dit-elle;
Et depuis quelques jours je te l'ai fait savoir,
Car je ne voulais pas mourir sans te revoir.

Mais lui : de votre enfant vous étiez éloignée,
Le voilà qui revient; ayez des jours contens;
Vivez : je suis grandi, vous serez bien soignée;
    Nous sommes riches pour long-temps.

Et les mains de l'enfant des siennes détachées
Jetaient sur ses genoux tout ce qu'il possédait,
Les trois pièces d'argent dans sa veste cachées,
Et le pain de froment que pour elle il gardait.

Sa mère l'embrassait et respirait à peine;
Et son œil se fixait, de larmes obscurci,
    Sur un grand crucifix de chêne
Suspendu devant elle et par le temps noirci.

C'est lui, je le savais, le Dieu des pauvres mères
Et des petits enfans, qui du mien a pris soin;
Lui, qui me consolait quand mes plaintes amères
 Appelaient mon fils de si loin.

C'est le Christ du foyer, que les mères implorent,
Qui sauve nos enfans du froid et de la faim.
Nous gardons nos agneaux, et nos loups les dévorent,
Nos fils s'en vont tout seuls... et reviennent enfin.

Toi, mon fils, maintenant me seras-tu fidelle?
Ta pauvre mère infirme a besoin de secours;
Elle mourrait sans toi. » L'enfant, à ce discours,
Grave, et joignant ses mains, tombe à genoux près d'elle,
Disant : que le bon Dieu vous fasse de longs jours!

www.ingramcontent.com/pod-product-compliance
Lightning Source LLC
LaVergne TN
LVHW022258030726
842520LV00009B/2992